WordBooks
Libros de Palabras

Machines
Las Máquinas

by Mary Berendes • illustrated by Kathleen Petelinsek

Published in the United States of America by The Child's World®
1980 Lookout Drive • Mankato, MN 56003-1705
800-599-READ • www.childsworld.com

Acknowledgments
The Child's World®: Mary Berendes, Publishing Director
The Design Lab: Kathleen Petelinsek, Design and Page Production

Language Adviser: Ariel Strichartz

Library of Congress Cataloging-in-Publication Data
Machines = Las Máquinas / by Mary Berendes; illustrated by Kathleen Petelinsek.
   p. cm.— (WordBooks = Libros de palabras)
 ISBN-13: 978-1-59296-799-5 (alk. paper)
 ISBN-10: 1-59296-799-X (alk. paper)
 1. Vehicles—Juvenile literature. 2. Construction equipment—Juvenile literature.
I. Petelinsek, Kathleen. II. Title: Máquinas. III. Series.
 TL147.M24 2008
 629.2—dc22   2007060893

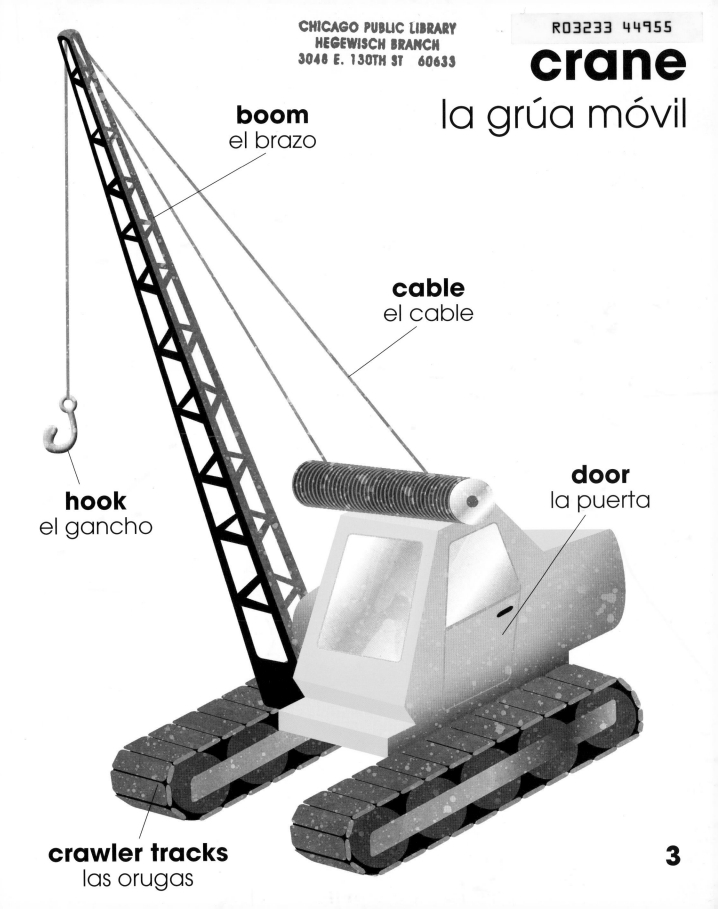

crane
la grúa móvil

boom
el brazo

cable
el cable

door
la puerta

hook
el gancho

crawler tracks
las orugas

3

digger
la pala hidráulica

cab
la cabina

controls
los controles

arm
el brazo

**dipper
bucket**
el cucharón
excavador

bulldozer
el bulldozer

headlight
el faro
delantero

blade
la pala

dirt
la tierra

concrete truck
la hormigonera

tires
los neumáticos

concrete
el hormigón

dump truck
el camión basculante

rocks
las piedras

8

pickup truck
la furgoneta

sand
la arena

outside mirror
el espejo lateral

bumper
el parachoques

headlight
el faro delantero

forklift
el montacargas de horquilla

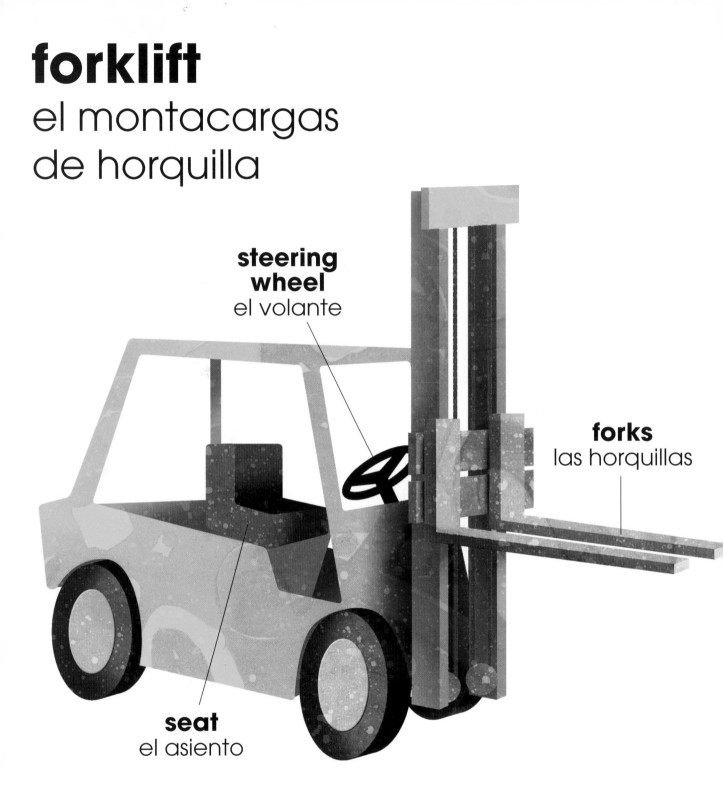

steering wheel
el volante

forks
las horquillas

seat
el asiento

tractor
el tractor

exhaust stack
el tubo de escape

gear shift
la palanca de cambio

fender
el parachoques

tractor tire
la llanta del tractor

fire truck
el coche de bomberos

platform
la barquilla

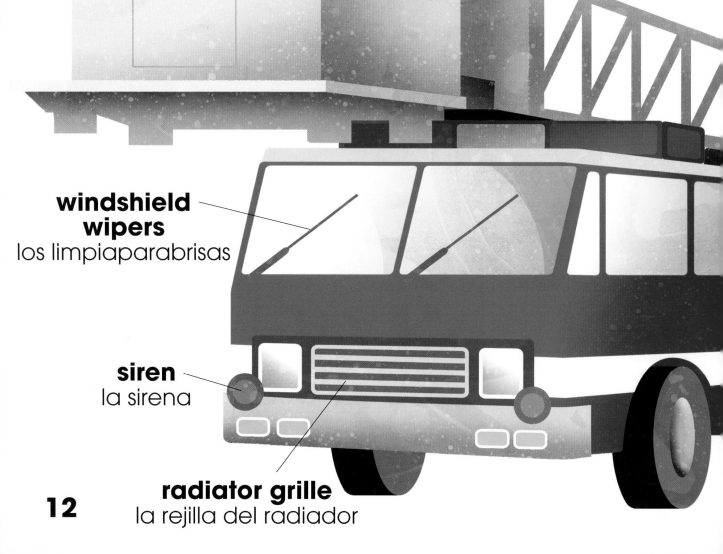

**windshield
wipers**
los limpiaparabrisas

siren
la sirena

12

radiator grille
la rejilla del radiador

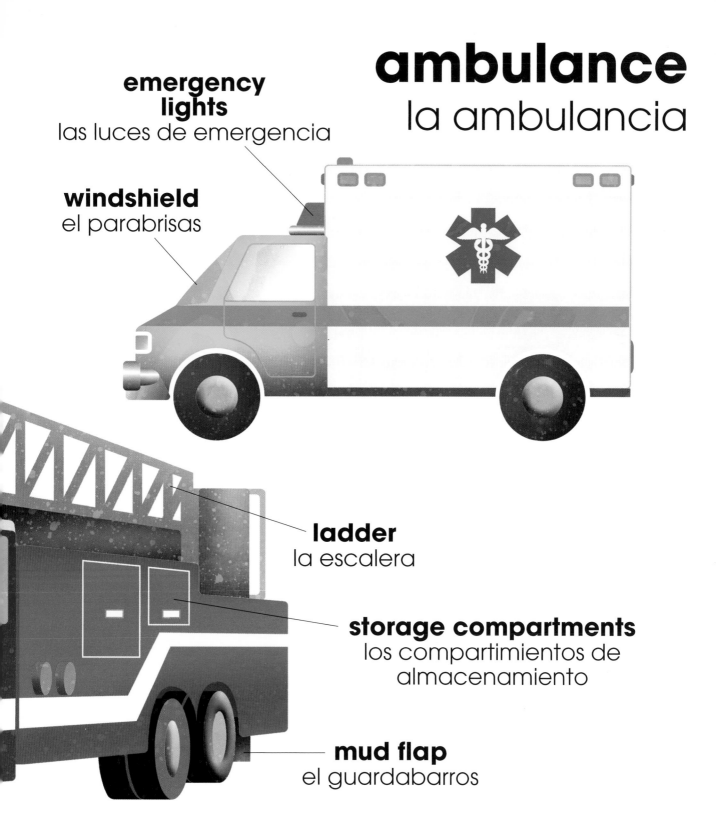

ambulance
la ambulancia

emergency lights
las luces de emergencia

windshield
el parabrisas

ladder
la escalera

storage compartments
los compartimientos de almacenamiento

mud flap
el guardabarros

13

airplane
el avión

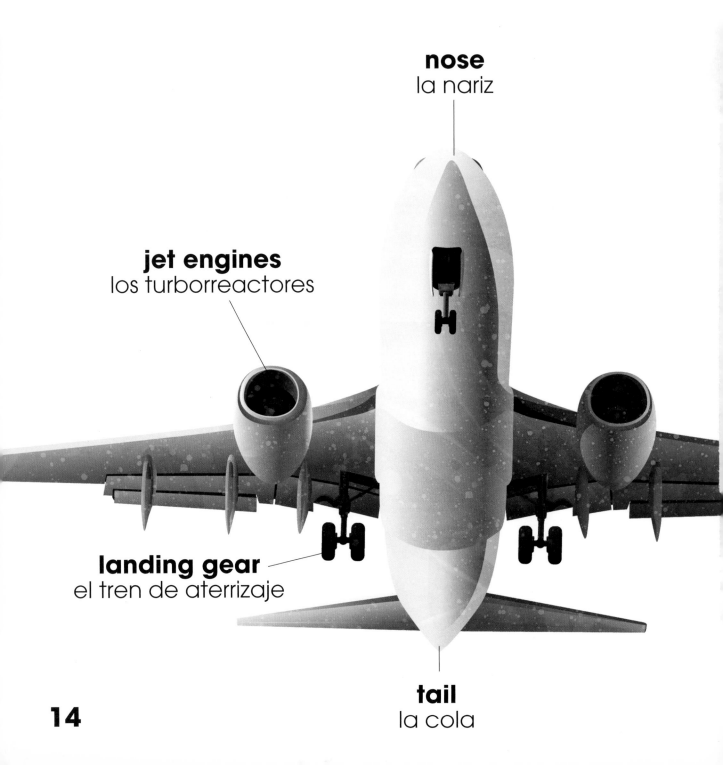

nose
la nariz

jet engines
los turborreactores

landing gear
el tren de aterrizaje

tail
la cola

helicopter
el helicóptero

rotors
los rotores

search-and-rescue light
el reflector

wing
el ala

landing skids
los patines de aterrizaje

semitrailer truck
el camión semirremolque

trailer
el remolque

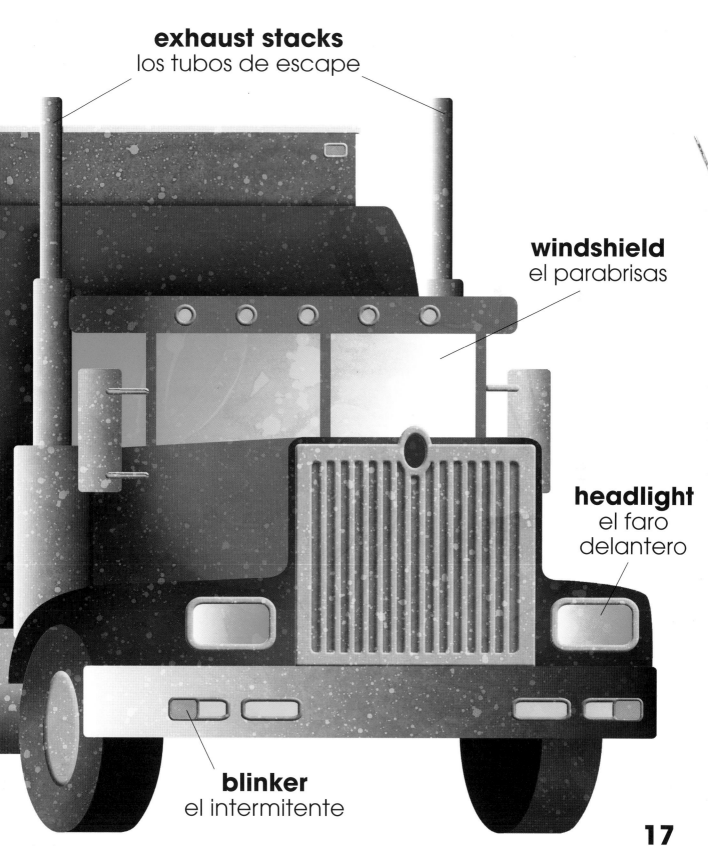

exhaust stacks
los tubos de escape

windshield
el parabrisas

headlight
el faro
delantero

blinker
el intermitente

garbage truck
el camión de la basura

brake lights
las luces de freno

box
la caja

snowplow
el quitanieves

sand
la arena

plow
la pala

snow
la nieve

tow truck
la grúa

street cleaner
el camión barrendero

vacuum
la aspiradora

brushes
las escobillas

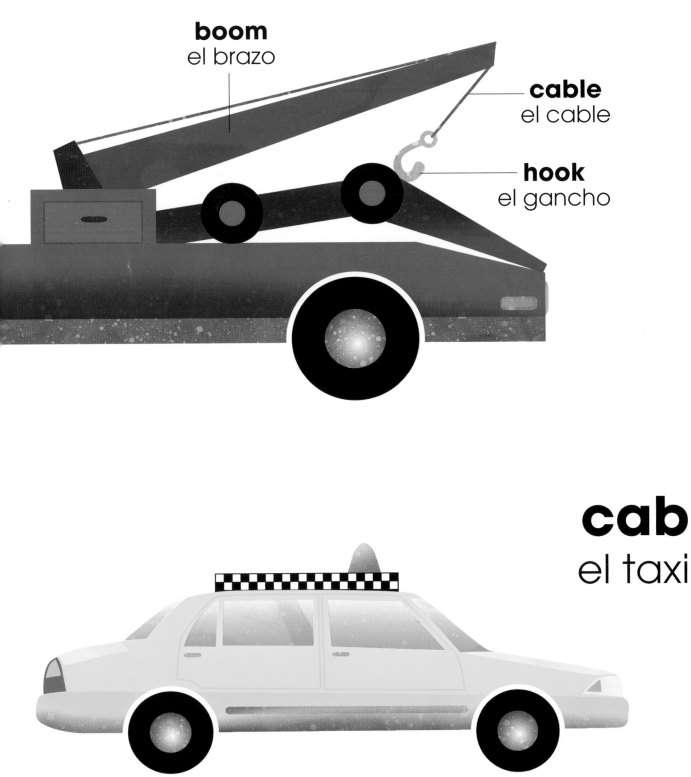

boom
el brazo

cable
el cable

hook
el gancho

cab
el taxi

21

car
el coche

school bus
el autobús escolar

stop sign
la señal de pare

22

sports car
el coche deportivo

fog lamps
las luces
antinieblas

23

word list
lista de palabras

English	Spanish
airplane	el avión
ambulance	la ambulancia
arm	el brazo
blade	la pala
blinker	el intermitente
boom	el brazo
box	la caja
brake lights	las luces de freno
brushes	las escobillas
bulldozer	el bulldozer
bumper	el parachoques
cab (cabin)	la cabina
cab (taxi)	el taxi
cable	el cable
car	el coche
concrete	el hormigón
concrete truck	la hormigonera
controls	los controles
crane	la grúa móvil
crawler tracks	las orugas
digger	la pala hidráulica
dipper bucket	el cucharón excavador
dirt	la tierra
door	la puerta
dump truck	el camión basculante
emergency lights	las luces de emergencia
exhaust stack	el tubo de escape
fender	el parachoques
fire truck	el coche de bomberos
fog lamps	las luces antinieblas
forklift	el montacargas de horquilla
forks	las horquillas
garbage truck	el camión de la basura
gear shift	la palanca de cambio
headlight	el faro delantero
helicopter	el helicóptero
hook	el gancho
jet engines	los turborreactores
ladder	la escalera
landing gear	el tren de aterrizaje
landing skids	los patines de aterrizaje
machines	las máquinas
mud flap	el guardabarros
nose	la nariz
outside mirror	el espejo lateral
pickup truck	la furgoneta
platform	la barquilla
plow	la pala
radiator grille	la rejilla del radiador
rocks	las piedras
rotors	los rotores
sand	la arena
school bus	el autobús escolar
search-and-rescue light	el reflector
seat	el asiento
semitrailer truck	el camión semirremolque
siren	la sirena
snow	la nieve
snowplow	el quitanieves
sports car	el coche deportivo
steering wheel	el volante
stop sign	la señal de pare
storage compartments	los compartimientos de almacenamiento
street cleaner	el camión barrendero
tail	la cola
tires	los neumáticos
tow truck	la grúa
tractor	el tractor
tractor tire	la llanta del tractor
trailer	el remolque
vacuum	la aspiradora
windshield	el parabrisas
windshield wipers	los limpiaparabrisas
wing	el ala